MOPPI UND PETER

Die Deutsche Nationalbibliothek verzeichnet diese Publikation in der Deutschen Nationalbibliografie; detaillierte Daten sind im Internet über https://portal.dnb.de/ abrufbar.

Inh. Dr. Nora Pester
Wilhelmstraße 118, 10963 Berlin
info@hentrichhentrich.de
http://www.hentrichhentrich.de

Lektorat: Thea Mosebach
Grafik + Design: Michaela Weber, Leipzig
Illustration: Hans Lichtenwagner
Gesamtherstellung: Thomas Schneider, Jesewitz

1. Auflage 2017

Printed in the EU
ISBN 978-3-95565-219-7

MOPPI UND PETER

Die wahre Geschichte zweier Hunde in der Nazi-Zeit

Erzählt von Raymond Wolff
Aufgezeichnet von Martina und Hans-Dieter Graf
Illustriert von Hans Lichtenwagner

HENTRICH & HENTRICH

Für Chelsea

Diese Geschichte entstand im Sommer 2016 während eines gemeinsamen Aufenthalts im Bertolt-Brecht-Haus in Svendborg/Dänemark.

Es war einmal ... So fangen viele Märchen an. Aber die Geschichte, die wir euch heute erzählen möchten, ist kein Märchen. Sie ist wahr. Deshalb beginnt unsere Geschichte auch nicht wie ein Märchen aus vergangenen Zeiten, sondern mit einem Besuch in Berlin. Dort lebt unser Freund Ray. Geboren wurde er in New York, denn Ray ist ein Kind deutscher Juden, die in der Zeit des Nationalsozialismus in die USA ausgewandert waren. Ray lebt allerdings schon seit vielen Jahrzehnten in Deutschland. Seine Eltern hatten es damals gar nicht gern gesehen, dass er in das Land ging, aus dem sie einst geflohen waren. Sie mochten Deutschland und die Deutschen nicht besonders, weil sie ihnen und den anderen Juden so viel Leid zugefügt hatten. Millionen von ihnen aus ganz Europa wurden damals verschleppt und ermordet. Das kann uns auch heute noch sehr traurig stimmen. Es ist aber wichtig, dass wir uns immer wieder daran erinnern, was geschehen ist, damit so etwas nie wieder geschieht.

Ray wohnt im Berliner Stadtteil Neukölln, in einem großen alten Haus. Seine Wohnung würde euch sicherlich gut gefallen. Sie ist vollgestopft mit den Dingen, die er liebt und an denen sein Herz und seine Erinnerungen hängen. Überall, schon im Flur, Regale voller Bücher. In seinem Wohnzimmer noch mehr Bücher und viele, viele Schallplatten. Mehr als tausend werden es wohl sein. In der Ecke steht ein alter Plattenspieler. Manchmal legt Ray eine der alten Platten auf und summt, wenn er gut gelaunt ist, die Melodien mit.

„Das ist Musik von jüdischen Komponisten, gespielt und gesungen von Juden“, erklärt er stolz. Ray ist ein wahrer Musikexperte und ein leidenschaftlicher Sammler.

Zwischen dem ganzen Krimskrams auf dem Fußboden neben dem Regal steht ein großes Huhn. Kein echtes, eines aus Pappmaschee.

„Das habe ich von meiner Cousine geschenkt bekommen. Es erinnert mich an meine Kindheit.“

Ray erzählt, dass er auf einer Hühnerfarm in New Jersey in den USA aufgewachsen ist.

„Ich hatte einen eigenen Hühnerstall und den Hühnern habe ich deutsche Kinderlieder vorgesungen.“

„Deutsche Kinderlieder? Warum denn das?“

„Die habe ich von meiner Großmutter gelernt. Die wohnte früher in Staudernheim. Das ist ein kleines Dorf in der Nähe von Bad Kreuznach in Rheinland-Pfalz. Meine Großeltern mütterlicherseits haben mir immer erzählt, wie schön es dort war und wie schwer es ihnen gefallen ist, wegen der schlimmen Zeiten von dort wegzugehen. Sie sprachen nur Deutsch mit mir, und so konnte ich damals besser Deutsch als Englisch. Das rächte sich natürlich später in der Schule, und bei meinen Schulkameraden kam das gar nicht gut an. ‚Du bist Deutscher', sagten sie zu mir und hänselten und ärgerten mich und schubsten mich sogar herum. Klar, dass ich Amerika damals nicht mochte, ich wäre viel lieber in Staudernheim zur Welt gekommen – oder in Nackenheim."

„Nackenheim? Meinst Du den Weinort am Rhein, wo der Schriftsteller Carl Zuckmayer geboren wurde?"

„Ja, genau, diesen Ort meine ich. Mein Vater und seine Eltern, also meine anderen Großeltern, stammten von dort."

Ray wird plötzlich sehr nachdenklich:

„Zu meinem Vater hatte ich kein besonders gutes Verhältnis. Er war sehr verschlossen und überließ die Erziehung meiner Mutter. Als ich ihn als Kind einmal fragte: ‚Wo sind denn eigentlich meine Großeltern aus Nackenheim?', fuhr er mich wütend an: ‚Frag mich das nie wieder!' Da hatte ich plötzlich richtig Angst vor ihm bekommen und habe geweint. Heute weiß ich, warum mein Vater so reagiert hat."

Denn Rays Großeltern väterlicherseits waren in Deutschland geblieben, weil es ihre Heimat war und sie zunächst von dort nicht weg wollten. Ihre beiden Söhne, Helmut und Herbert, Rays Vater und Onkel, konnten rechtzeitig nach Amerika auswandern. Rays Großeltern aber mussten nach Mainz ziehen, nachdem sie von den Nazis aus Nackenheim vertrieben worden waren. Die Nazis waren Anhänger des Nationalsozialismus und waren sehr streng und unheimlich ungerecht anderen Menschen gegenüber. Besonders hassten sie Juden, Homosexuelle und „Zigeuner", wie Sinti und Roma damals bezeichnet wurden. Im Grunde hassten die Nazis alle, die gegen ihre Partei waren und benutzten dabei die Juden als Sündenböcke für alles. So gab es viele Gesetze, die nur für Juden galten und diesen das Leben unsagbar schwer machten.

Es wurde unmöglich für Helmut und Herbert, ihre Eltern zu sich nach Amerika zu holen, da die Nazis ab dem 23. Oktober 1941 die Juden nicht mehr aus Deutschland herausließen. Sie hatten Schlimmes mit ihnen vor. Sie planten, so unglaublich es für uns heute klingen mag, die Juden zu töten. Fast alle Juden, denen es nicht gelungen war, Deutschland rechtzeitig zu verlassen, wurden in Ghettos und Konzentrationslager verschleppt, wo sie gegen ihren Willen festgehalten wurden und nicht raus konnten. In diesen Gefängnissen wurde man zur Arbeit gezwungen und es herrschten furchtbare Zustände. Viele Millionen wurden ermordet. Nur die wenigsten von ihnen überlebten.

„Reicht mir doch bitte mal die Kiste aus dem Regal, darin habe ich seit meiner Kindheit alle noch vorhandenen Briefe und Postkarten meiner Großeltern aus Nackenheim gesammelt, die sie an ihre Söhne Helmut und Herbert nach Amerika geschrieben haben. Seht, hier ein Foto, das Helmut und Herbert mit ihren Eltern, meinen Großeltern, Selma und Heinrich zeigt. Das war 1929, im Winter, als der Rhein zugefroren war."

„Wer ist denn dieser kleine Hund dort? Der sieht ja niedlich aus."

„Das ist Moppi, ein Spitz. Er war der Liebling der Familie."

„Wie süß! Was ist denn mit ihm passiert? Kannst Du uns etwas von ihm erzählen?"

„Ja, gern, wenn ihr wollt. Seine Geschichte ist hier in diesen Briefen aufgeschrieben. Sie ist allerdings ziemlich traurig."

Die Geschichte beginnt in Nackenheim. Hier lebte das Ehepaar Selma und Heinrich Wolff mit ihren beiden Söhnen Herbert und Helmut. Heinrich stammte aus Monzernheim in der Nähe von Worms und Selma aus St. Goarshausen, das direkt am Rhein, am Fuße des berühmten Loreleyfelsens liegt. Alle in der Familie arbeiteten viel und hart. Heinrich Wolff war Weineinkäufer und Händler von Landesprodukten. Sohn Herbert arbeitete als Buchhalter im Geschäft seines Vaters mit und Helmut hatte eine Lehre als Weineinkäufer gemacht. Neben einem schönen Wohn- und Geschäftshaus, mitten im Dorf gelegen, besaßen die Wolffs viele Felder, außerdem auch einen Weinberg.

Und dann gab es noch ein weiteres Familienmitglied, ein sehr wichtiges und hoch geschätztes. Das war dieser kleine Moppi, der von allen geliebte Spitz. Ob bei Spaziergängen am Rhein, bei Ausflügen mit dem Auto oder bei Verwandtenbesuchen – immer war Moppi mit dabei. Er genoss es, überall im Mittelpunkt zu stehen, und so durfte der „kleine Wolff" auch auf keinem Familienfoto fehlen. Die Wolffs waren sehr beliebt in Nackenheim. Jeder im Dorf kannte und achtete sie – bis 1933. Da brachte man Heinrich für einige Wochen in das Konzentrationslager in Osthofen, denn er hatte sich geweigert, den Nackenheimer Nazis drei Säcke Mehl umsonst herauszugeben.

Obwohl er in Osthofen verprügelt wurde, dachte Heinrich nach seiner Entlassung nicht daran, sein geliebtes Heimatland, für das er im Ersten Weltkrieg als Soldat gekämpft hatte, zu verlassen. Doch in Nackenheim wurde das Leben für ihn und seine Familie immer schwieriger. Einmal hatte man sogar auf das Haus der Familie geschossen, gerade als jemand aus dem Fenster schaute. Selma und Heinrich beschlossen daher, ihre Söhne in Sicherheit zu bringen. Anfang 1937 wanderte Helmut als erster nach New York aus.

Der Abschied von Nackenheim, dem Ort, wo die Familie früher so glücklich beisammen war, sollte ein Abschied für immer sein.

WEINKOMMISSIONÄR

Die übrigen Familienmitglieder zogen noch im selben Jahr nach Mainz. Dort in der großen Stadt, wo nicht jeder jeden kannte, fühlten sie sich sicherer. Doch die plötzliche Umstellung von dem gewohnten ruhigen Leben auf dem Land zu dem hektischen Treiben in der Stadt verlangte Familie Wolff und vor allem dem kleinen Moppi viel ab. So waren alle froh, als man eine Wohnung in der Kaiserstraße fand. Die Kaiserstraße war damals wie heute eine der schönsten Straßen von Mainz. Sie beginnt in der Nähe des Hauptbahnhofs und endet kurz vor dem Rhein. Außerdem ist sie sehr breit und zwischen den Fahrbahnen erstreckt sich eine große Grünanlage mit vielen Bäumen, Sträuchern und Blumen. Die Menschen liebten es, hier spazieren zu gehen, besonders in Richtung des Flusses. In der Mitte der Grünanlage thront dort, wie auf einer Insel, eine mächtige Kirche.

Familie Wolff bezog eine Wohnung im Haus Nr. 29 1/10. Das Haus gehörte Helene Fulda, deren Mann Nathan aus einer alten Mainzer Bankiersfamilie stammte. Auch die Fuldas waren Juden. Gleich neben ihrem Haus befand sich ein Eckhaus, in dem damals die Büros der „Gestapo“ untergebracht waren. „Gestapo“ ist eine Abkürzung für „Geheime Staatspolizei“. Die arbeitete für die Regierung der Nationalsozialisten und war sehr gefürchtet.

Für Moppi bedeutete der Umzug von Nackenheim nach Mainz eine besonders große Veränderung und er fühlte sich in der neuen Umgebung am Anfang gar nicht wohl. So viele fremde Menschen und so viele Autos hatte der kleine Kerl in seinem ganzen Hundeleben noch nicht gesehen. Moppi bekam es mit der Angst zu tun und fühlte sich nur in der Wohnung sicher. Aber draußen? Die hohen Gebäude und die breiten Straßen waren ihm unheimlich. Alles sah so anders aus und roch so fremd. Wie sollte er sich da nur zurechtfinden? Am liebsten wäre er schnurstracks nach Nackenheim zurückgelaufen. Wie gut, dass Herbert noch da war! Immer, wenn er von der Arbeit nach Hause kam, spielte er mit Moppi und ging dann noch einmal Gassi mit ihm. Darauf freute sich Moppi schon den ganzen Tag.

Aber auch diese schöne Zeit war eines Tages zu Ende, denn 1938 ging auch Herbert nach New York. Moppi verstand das alles nicht. Warum gingen nur alle Menschen, die er liebte, fort?

Auch die Eltern vermissten ihre Söhne schmerzlich und wünschten sich nichts mehr, als ihnen bald folgen zu können. Dennoch waren sie froh, dass ihre Kinder nun in Sicherheit waren. Sie erwarteten sehnsüchtig die Briefe, die Herbert und Helmut ihnen aus Amerika schrieben. Jedes Mal wurden sie laut vorgelesen, und immer wenn Moppi die Namen „Herbert" oder „Helmut" hörte, wedelte er erwartungsvoll mit dem Schwanz. Aber kein Herbert und kein Helmut kam zur Tür herein.

Allmählich gewöhnte sich Moppi an die neue Umgebung. Herbert und Helmut waren zwar nicht mehr da, ansonsten aber hatte er eigentlich ein schönes Leben. Selma und Heinrich widmeten ihm ihre ganze Aufmerksamkeit, und außerdem gab es jetzt viel mehr Leckerlis als früher. Auslauf hatte er auch genug. Vormittags begleitete er Heinrich bei den Einkäufen, und wenn Selma ihre Hausarbeit erledigt hatte, durfte er mit den beiden nachmittags durch den kleinen Park in der Kaiserstraße spazieren, oft an der Christuskirche vorbei zum Rhein. Dort setzten Selma und Heinrich sich auf eine Bank und Moppi durfte am Ufer spielen. Auch das abendliche Gassi gehen war gesichert. Selma hatte die Aufgabe von Herbert übernommen und ging um neun Uhr abends noch einmal mit ihm nach draußen. Manchmal schimpfte sie mit ihm, wenn er in der Wohnung Haare verloren oder sich wieder einmal genüsslich gekratzt hatte. Aber das war nicht weiter schlimm. Heinrich nahm ihn dann mit an den Rhein, seifte ihn ein und wusch ihn wie ein kleines Kind. Jetzt noch etwas schwimmen, anschließend kräftig schütteln, in die Sonne legen und sich das Fell bürsten lassen. Oh, wie wohlig! So schön konnte das Hundeleben sein. In solchen Momenten war Moppi der glücklichste Hund von ganz Mainz.

Und dann kam **Peter**!
Wer war das denn und wo kam der her?

Das war so: Für Selma und Heinrich, wie für alle anderen Juden, wurde das Leben in Deutschland immer schwerer, und ihre Häuser und Wohnungen waren für sie nur noch Durchgangsstationen. Wie viele Juden saßen auch die Wolffs auf gepackten Koffern und warteten nur auf den Moment, um endlich das Land verlassen zu können. Bei all dem, was diese „Nazis“ in Deutschland anrichteten, blieb ihnen keine andere Wahl.

Nach den schlimmen Ereignissen der Pogromnacht vom 9. auf den 10. November 1938, als in Mainz wie in ganz Deutschland die Synagogen brannten, Juden misshandelt und ihre Wohnungen zerstört wurden, entschied sich Helene Fulda, ihr Haus in der Kaiserstraße zu verkaufen und zu ihrer Tochter Rosie nach Johannisburg in Südafrika auszuwandern.

Noch bevor sie sich auf die Reise machen konnte, waren ihre andere Tochter Nanette und deren Ehemann, der Arzt Dr. Adolf Lekisch, in die Kaiserstraße gekommen. Da auch sie auswandern wollten, hatten sie ihr eigenes Haus verkauft und waren nun zum Übergang zur Mutter gezogen. Ihr Sohn Kurt war bereits zusammen mit seiner Frau Dorle in die USA nach Texas ausgewandert (das ist ein Bundesstaat im Süden der USA, ziemlich weit weg von New York).

Nanette war eine große Hundeliebhaberin und ihre ganze Freude war ein stattlicher Irish Terrier namens Peter. Nanette war vernarrt in Peter und nahm ihn überallhin mit. Die beiden waren unzertrennlich. Peter durfte neben ihr herlaufen, wenn sie Fahrrad fuhr – was sie täglich machte – oder sie bei ihren Spazierfahrten im Auto begleiten. Aber das war nun alles vorbei. Waren sie im Sommer 1938 noch gemeinsam am schönen Wolfgangsee in Österreich gewesen, unternahmen sie jetzt immer weniger Ausflüge und man blickte sorgenvoll in die Zukunft. Die Stimmung war alles andere als heiter und vergnügt. „Man fühlt sich so gedemütigt und gar nicht mehr als Mensch", seufzte Nanette. Ihr trauriger Blick blieb Peter nicht verborgen. Ja, es tut sehr weh, wie ein Aussätziger behandelt und überall ausgegrenzt zu werden!

Trotz allem, was die Familie in dieser schweren Zeit bedrückte, Moppi bekam mit „Doktors Peter“ ganz unverhofft einen neuen Spielkameraden ins Haus, denn Peters Zuhause lag genau ein Stockwerk unter der Wohnung von Moppi. So geschah es, dass die beiden Hunde sich anfreundeten. Sie beschnupperten sich und schienen Gefallen aneinander zu finden. Sie dachten wohl: „Zu zweit ist man weniger einsam.“ Und so war die Freude jedes Mal groß, wenn sie sich trafen. Ab jetzt ging Moppis „großer Bruder“ immer mit, wenn sie am Rhein spazieren gingen.

Leider war das Glück nicht von langer Dauer, denn Moppi war nicht mehr der Jüngste und es plagten ihn die ersten Wehwehchen. Er hinkte mit dem linken Hinterbein und am rechten Vorderpfötchen hatte er zwischen den Zehen Geschwüre. Deshalb konnte Moppi nur noch schlecht laufen und wollte bald nicht einmal mehr spazieren gehen. Immer öfters musste er mit seinem Herrchen den Tierarzt Dr. Heymach aufsuchen. Dieser verschrieb seinem kleinen Patienten eine Jodtinktur für die Vorderpfote.

„Au, tat das weh, wenn ihm das wunde Pfötchen eingerieben wurde!" Auch passierte Moppi jetzt häufiger ein kleines Missgeschick, aber zum Glück schimpfte ihn keiner aus und ohne Murren wischte Selma schnell immer wieder alles auf.

Auch mit Peter war es nicht mehr so wie früher. Die Lekischs hatten Angst, dass Moppis Krankheit ansteckend wäre und Peter vielleicht auch Geschwüre bekommen könnte. Eines Tages sagte Nanette zu Selma: „Frau Wolff, mein Mann und ich möchten nicht mehr, dass unser Peter mit Moppi spielt und dass er mit ihm spazieren geht. Wir haben Angst um seine Gesundheit!"

Angst, Angst, überall Angst. Die Menschen hatten Angst. Die Tiere hatten Angst. Was war das nur für eine Zeit?

Moppi wusste oft nicht, was er machen sollte und war sehr traurig, dass er seinen Freund nicht mehr treffen durfte, und auch seine Alterserscheinungen machten sich jetzt mehr und mehr bemerkbar. Es tat ihm mal hier weh und mal da. Er fraß kaum noch, schlief viel und wurde immer dünner. Der Doktor meinte, Moppi sei ein altes Tierchen, das sein Leben gelebt habe, er könne nun nichts mehr für ihn tun. Er riet, den leidenden Spitz einzuschläfern und im Tierheim begraben zu lassen. Schweren Herzens entschlossen sich Selma und Heinrich, dem Rat des Arztes zu folgen und Moppi seinen Träumen zu überlassen. Sie wickelten ihn liebevoll in seine Kuscheldecke und brachten ihn in einem Kistchen zu Dr. Heymach. Ein Zettel war beigelegt, auf dem geschrieben stand: „Ruhe sanft, Du lieber braver treuer Freund Moppi."

Selma und Heinrich trauerten und weinten sehr um Moppi. Nun gab es niemanden mehr, der zuhörte, wenn sie sich gegenseitig die Briefe aus Amerika vorlasen. Die letzte lebende Verbindung zwischen ihnen und ihren Söhnen Herbert und Helmut existierte nicht mehr. Es fiel ihnen sehr schwer und sie schoben es immer wieder auf, ihren Söhnen von Moppis Tod zu berichten. Als sie sich endlich dazu durchrangen, versprachen sie, Moppis Halsband als Andenken aufzubewahren und es nach New York mitzubringen, wenn sie später zu ihnen kämen.

Wie gern wären die Wolffs jetzt zu ihren Lieben nach Amerika ausgereist! Selma und Heinrich wurden immer niedergeschlagener, weil nach und nach all ihre Hoffnungen zerstört wurden und sich ihre Ausreise immer wieder verzögerte. Schließlich wurden sie gezwungen, von der Kaiserstraße in ein sogenanntes Judenhaus in die Rheinallee 3 zu ziehen und von dort nach kurzer Zeit auf die andere Rheinseite nach Mainz-Kastel, in die Eleonorenstraße 16.

Im März 1942 wurden tausend Juden aus Hessen nach Polen in das Ghetto Piaski gebracht, von wo die meisten von ihnen nicht mehr zurückkehrten. Unter ihnen waren sieben Personen aus dem Haus in der Eleonorenstraße 16: neben Selma und Heinrich der Hausbesitzer Dr. Thilo sowie die Ehepaare Laub und Oppenheim. Im selben Zug saßen noch Heinrichs Schwester Betty und deren Mann Gustav Sender, außerdem Hedwig Reiling, die Mutter der bekannten Schriftstellerin Anna Seghers. Die Menschen starben daran, dass sie nichts zu essen hatten, erkrankten oder bereits durch den furchtbaren und langen Transport vollkommen erschöpft waren. Die, denen dieses Leid erspart blieb, wurden später in einem der Vernichtungslager ermordet.

„Und was ist aus Peter geworden, Ray?“

„Mit Peter, ja, das ist eine etwas längere Geschichte. Während für Moppi das Hundeleben zu Ende war, sollte für Peter der vielleicht aufregendste Teil seines Lebens erst beginnen.“

„Steht seine Geschichte auch in den Briefen?“

„Nein, nur soweit ich es euch schon erzählt habe. Aber gebt mir mal das gelbe Buch, das dort vorne im Regal steht. Es trägt den Titel ‚Der Teufel in Frankreich‘. Der Autor ist der berühmte jüdische Schriftsteller Lion Feuchtwanger. Der hat über seine Erlebnisse bei seiner Flucht vor den Nazis dieses Buch geschrieben. Darin – ihr werdet es nicht glauben – wird auch ein Teil der Geschichte von Nanette und Peter erzählt.“

„Oh, das klingt ja spannend, dann ist Peter ja so etwas wie eine Berühmtheit geworden!“

„Ja, in der Tat! Und dann ist da ja auch noch Barbara Lekisch. Sie ist die Enkeltochter von Nanette und lebt in San Rafael. Das ist ein kleines Städtchen an der amerikanischen Westküste, in der Nähe von San Francisco in Kalifornien. Barbara hat mir ein paar Bilder von Peter überlassen und weiß auch sonst einiges über Peters Schicksal zu berichten.“

„Da sind wir aber gespannt! Erzähl mal, Ray.“

Kurz nachdem Moppi gestorben war, im Juni 1939, machte sich Helene Fulda – ihr wisst, das war die Mutter von Nanette – auf die Reise zu ihrer Tochter Rosie nach Südafrika. Da sie schon sehr alt war, wollten Nanette und Adolf sie nicht alleine fahren lassen und begleiteten sie auf der langen Schiffsreise. Die war alles andere als angenehm, denn die übrigen Passagiere wollten keinen Kontakt zu den jüdischen Auswanderern haben und behandelten sie wie Luft.

Am Hafen von Durban holte Nanettes Schwester Rosie die Mutter Helene ab. Nanette und Adolf fuhren mit dem gleichen Schiff nach Europa zurück, das sie bei einem fahrplanmäßigen Stopp in Nordfrankreich verlassen sollten. Dort wollten sie auf das erforderliche Visum zur Einreise in die USA warten. Doch hatten sich die politischen Verhältnisse in Europa inzwischen dramatisch verändert. Gerade zu der Zeit ihrer Rückfahrt von Südafrika nach Europa – Anfang September 1939 – fielen deutsche Soldaten in das Nachbarland Polen ein und lösten damit den Zweiten Weltkrieg aus. Ohne noch einen weiteren ausländischen Hafen anzulaufen, fuhr das Schiff deswegen direkt nach Hamburg. Nanette und ihr Mann waren verzweifelt, sie wollten nicht wieder nach Deutschland. Mit viel Glück schafften sie es schließlich, mit einem schwedischen Flugzeug nach London auszufliegen und von dort weiter nach Paris zu gelangen. Nanettes hervorragende Sprachkenntnisse waren hierbei sehr hilfreich, man könnte auch sagen, lebensrettend.

Aber auch in Frankreich waren Nanette und Adolf nun nicht mehr sicher. Waren sie in Deutschland ihres Glaubens wegen zu Fremden geworden, so galten sie in England und Frankreich als Feinde, weil sie Deutsche waren. Nanette und Adolf kamen also vom „Regen in die Traufe" und wurden unmittelbar nach ihrer Ankunft in Paris mit dem Zug nach Südfrankreich transportiert. Adolf wurde, wie die meisten Flüchtlinge in Frankreich, in einem Lager in der Nähe der Stadt Nîmes festgehalten. Nanette durfte sich frei bewegen und fand eine kleine Wohnung in Nîmes. Jetzt konnte sie endlich ihren geliebten Peter nachkommen lassen.

Ja, wo war denn Peter eigentlich geblieben? Ihn hatten die Lekischs in Mainz bei Selma und Heinrich zurückgelassen, denn sie wollten ihm die beschwerliche Reise nach Südafrika und zurück nicht zumuten. Peter hatte es gut bei den Wolffs. Er konnte ihnen zwar kein Ersatz für Moppi sein, aber sowohl für Peter ohne sein Frauchen als auch für Selma und Heinrich ohne ihre Söhne und Moppi war die Einsamkeit und Trauer so leichter zu ertragen.

Nun aber war es an der Zeit, dass Peter zu Frauchen und Herrchen zurückkehrte. Er wurde wie verabredet von einer jüdischen Bekannten aus Mainz im Zug nach Südfrankreich mitgenommen. Es machte Peter „tierisch" Spaß, aus dem Fenster zu schauen, wo die verschiedenen Landschaften – kleinere und größere Hügel, noch höhere Berge, Täler und Flüsse – an ihm vorbeizogen. Hin und wieder erblickte er auch andere Tiere: Kühe, Pferde, Schafe und ganz große Vögel und natürlich auch viele andere Hunde und Katzen, denen er gerne hinterher gesprungen wäre.

Angekommen in einer wärmeren Klimazone gab es ein großes „Hallo", als er sein geliebtes Frauchen am Bahnhof erspähte. Hier war alles so anders. Die Luft so lau, die Sonne so hell und viel wärmer als in Mainz, der Himmel tiefblau. Es gab andere Bäume als am Rhein und wunderschöne, in vielen Farben blühende Blumen und Sträucher. Die Menschen hier waren luftiger angezogen und ihre Sprache klang so fremd. Aber egal, Hauptsache, er war wieder bei seinem Frauchen.

Auch war sein neues Zuhause ganz anders. Die Wohnung von Nanette war sehr klein und es gab kaum Platz. Und dann die vielen Menschen! Denn in der kleinen Wohnung lebten nicht nur Nanette und Peter. Nein, es kam jetzt auch viel Besuch an. Das gefiel Peter, denn die meisten sprachen Deutsch und er konnte verstehen, was sie sagten. Aber wo kamen die vielen Leute denn plötzlich her? In Nîmes wimmelte es damals von Menschen, die vor den Nazis geflohen waren. Nanette hatte vielen von ihnen Unterschlupf gewährt oder half ihnen bei der Suche nach einer Bleibe. In ihrer Wohnung sah man die Flüchtlinge nachts überall schlafen: auf dem Sofa, auf der Bank, im Lehnstuhl, ja sogar auf dem nackten Boden oder in der Badewanne. Nanette tat alles, um ihnen behilflich zu sein. Wegen ihres unermüdlichen selbstlosen Einsatzes wurde sie gelegentlich der „Engel von Nîmes" genannt.

Auch Peter bekam die veränderten Verhältnisse zu spüren. Nichts war mehr so wie früher. Gassi gehen zu geregelten Zeiten? Das war einmal. Sein Futter bekam er, wenn Nanette zwischendurch gerade mal Zeit hatte. Er wurde zwar immer mitgenommen, aber wohin? Um Wohnungen für die Geflüchteten zu suchen und zu besichtigen, um Schlange zu stehen beim Einkaufen, um Besorgungen zu machen oder um auf dem amerikanischen Konsulat in Marseille das notwendige Visum zur Einreise in die USA zu beantragen. Und jedes Mal musste man warten. Warten, warten, immer nur warten ...

Boulanger

Im Lager lernte Adolf Lekisch den damals schon berühmten jüdischen Schriftsteller Lion Feuchtwanger kennen. Dieser war zusammen mit seiner Ehefrau Marta ebenfalls auf der Flucht vor den Nazis. Nach einiger Zeit hatte Feuchtwanger sich entschlossen, aus dem Lager Saint-Nicolas zu fliehen, was ihm mit Hilfe eines Wärters auch gelang. Er ging zunächst nach Nîmes. Hier traf er auf die Frau, die er später in seinem Buch „Madame L." nannte. Wer wird das wohl gewesen sein? Genau, das war unsere Nanette Lekisch! Sie half ihm, in Nîmes eine Unterkunft zu finden, und zwar im Haus eines pensionierten Polizeiwachtmeisters, mit dessen Haushälterin Nanette befreundet war. Wenn sie wegen ihrer zahlreichen Pflichten nicht zu Hause sein konnte und sie niemanden hatte, der auf Peter aufpassen konnte, brachte Nanette ihn zu der Haushälterin.

Der Polizist besaß eine Katze namens Dori. Wie die meisten Hunde mochte auch Peter keine Katzen. Und Dori hatte, wie die meisten Katzen, Angst vor Hunden. Als Peter eines Tages, als er mal wieder im Haus des Polizisten bei der Haushälterin war, laut bellend in die Küche lief, erschreckte sich Dori so sehr, dass sie auf den Tisch sprang, dann auf die Eckbank, auf einen Stuhl und sich schließlich auf die Fensterbank rettete. Dabei stieß sie allerdings gegen einen Blumentopf, der laut krachend zu Boden fiel. In diesem Moment trat der Polizist in den Raum. Die Katze, verängstigt und verschreckt wie sie war, sprang ihm entgegen und kratzte den überraschten Mann so sehr, dass er vor Schreck und Schmerz aufschrie. Seitdem zeigte der Polizist Nanette jedes Mal, wenn sie die Haushälterin oder Lion Feuchtwanger besuchte, mit bösem Blick die Narben der Kratzspuren.

Und das hatte sie alles ihrem Peter zu verdanken! Die Begebenheit fand der Schriftsteller so amüsant, dass er sie in seinem Buch „Der Teufel in Frankreich" festhielt.

Nachdem es Nanette endlich gelungen war, für sich und ihren Mann das ersehnte Visum zu erlangen, konnte das Paar zusammen mit ihrem Hund Peter im November 1940 Frankreich verlassen. Die Reise in die Freiheit führte sie über Portugal, und dort in die Hafenstadt Lissabon, von wo aus ihre Schiffsreise beginnen sollte.

Der Weg dorthin war weit und beschwerlich. Zunächst fuhren sie mit der Bahn an die französisch-spanische Grenze. Dort gibt es ein sehr hohes Gebirge, das beide Länder trennt, es heißt Pyrenäen. Die Bahn konnte nicht über dieses hohe Gebirge fahren, und so mussten sie zu Fuß weiter. Peter, der dachte, er hätte schon viel gesehen in seinem langen Hundeleben, staunte nicht schlecht, dass Berge so hoch sein können. Bis dahin hatte er keinen höheren Berg gesehen als den Lerchenberg in Mainz. Die Pyrenäen zu überqueren, das war sehr anstrengend, auch für Peter, der zwar Spaziergänge liebte, aber keine langen Wanderungen und schon gar nicht solche, bei denen es immer nur steil bergauf ging und natürlich auch wieder steil bergab. Peter war sehr erschöpft, genauso wie sein Frauchen und sein Herrchen. Man machte sich während des Marsches immer wieder gegenseitig Mut und sagte: „Wir schaffen das schon! Kommt, wir gehen weiter! Wir dürfen die Hoffnung nicht aufgeben!“

Mit der Bahn ging es dann weiter durch ganz Spanien, danach quer durch Portugal nach Lissabon. Jetzt endlich hatten die drei ihr Ziel erreicht. Sie waren in Sicherheit, und von nun an konnte es nur noch besser werden. Die Familie bestieg das Schiff und ab ging es nach Amerika!

Die Schifffahrt war etwas vollkommen Neues für Peter. Er war zwar schon einige Male mit Frauchen und Herrchen auf dem Rhein gefahren, doch da hatte man vom Schiff aus immer beide Ufer sehen können, aber hier ... hier konnte man, so weit das Auge reichte, kein Ufer erblicken, nur Wasser und nichts als Wasser, Wasser ... Als dann eines Tages auch noch ein Sturm aufkam, das Schiff sich aufbäumte und zu schaukeln anfing, wurde Peter sehr krank. Ihm war schwindelig und er konnte nichts fressen und nichts trinken. Wie ein Häuflein Elend lag er da, und nur wenn er Nanette herankommen hörte, winselte er leise. Was war nur los mit ihm? Vermutlich waren die Anstrengungen der letzten Wochen einfach zu groß gewesen. Am späten Vormittag des vierten Tages atmete Peter plötzlich nicht mehr. Er war tot. Nanette und Adolf weinten bitterlich um ihren Liebling. Peter wurde – anders konnte man eine Beerdigung auf hoher See leider nicht bewältigen – in einen Leinensack gewickelt und dem Ozean übergeben.

Traurig verließen die Lekischs ohne ihren geliebten Peter in New York das Schiff. Das war ein seltsames Gefühl, wo er doch sonst immer und überall bei ihnen gewesen war. Die beiden waren unsicher und ein wenig ängstlich – was würde ihnen die Zukunft in einem fremden Land wohl bringen? Mit dem Zug fuhren sie nach Texas. Hier lebten ihr Sohn Kurt und die Schwiegertochter Dorle, die kurz vor der Geburt ihres ersten Kindes stand. Schon bald nachdem Nanette und Adolf in Texas angekommen waren, wurden sie glückliche Großeltern. Es war ein Junge und seine Eltern nannten ihn Peter, nach einem Freund der Familie.

Aber an wen werden sich Nanette und Adolf gelegentlich wohl auch erinnert haben, wenn sie den Namen ihres Enkels riefen? An unseren Peter natürlich!

Erinnerungen in Briefen

Viele, viele Briefe lagen vor uns auf dem Tisch, als Ray die Geschichte von Moppi und Peter zu Ende erzählt hatte. Doch eine Frage blieb offen: Was war denn aus Moppis Halsband geworden? Selma und Heinrich konnten es ihren Söhnen ja leider nicht mehr als Andenken an Moppi nach New York mitbringen. Sie waren in den Osten deportiert worden und von dort nicht mehr zurückgekommen. Moppis Halsband wurde in Mainz zurückgelassen. Es ist verschwunden – wie alles, was die Wolffs besaßen.

Die Söhne Herbert und Helmut lebten hingegen noch viele Jahre und sollten selbst Familien gründen. Doch Moppi begleitete die beiden Brüder überall mit hin. Er lebte fort ... in ihren Köpfen, ihr Leben lang. Immer wenn sie an Moppi dachten, kam ihnen auch das Halsband in den Sinn, das sie dem treuen Weggefährten einst geschenkt hatten.

Inzwischen sind auch Herbert und Helmut verstorben. Geblieben sind uns jedoch die Briefe, die von Selma und Heinrich an sie geschickt wurden. Rays Vater und sein Onkel Herbert wollten zwar von der Vergangenheit und von Deutschland nichts mehr wissen, aber sie hatten Respekt vor ihren Eltern und hoben ihre Briefe deshalb auf. Mit den Jahren verschwanden sie unbeachtet auf dem Dachboden der Hühnerfarm in New Jersey. Ray hat es bis heute nicht vergessen, als er sie als kleiner Junge zum ersten Mal in Händen hielt:

„Ich war etwa acht bis zehn Jahre alt, es war ein sonniger Tag. Meine Familie saß auf dem Porch, das ist eine Art Veranda. Man könnte sagen, es war der beliebteste Aufenthaltsort im Haus. Die Sonne schien fast den ganzen Tag durch die Fenster. Ich dagegen fühlte mich am wohlsten, wenn ich auf unserem großen Speicher herumschnüffeln konnte. Unser Speicher war sehr groß, war nicht ausgebaut, war recht dunkel und überall lagen Gegenstände, die einen neugierigen Jungen, wie ich es war, anzogen. Diese Gegenstände – zumindest kommt es mir heute so vor – stammten zum

größten Teil aus Deutschland. Es gab Handwerkszeug und, daran kann ich mich gut erinnern, Filmhefte, die meine Mutter mit in die Emigration genommen hatte. Aber da waren auch die Briefe. Damals interessierte ich mich für den Inhalt der vielen Briefe weniger. Wie viele Jungen sammelte auch ich Briefmarken, und es waren diese Briefmarken, die mich faszinierten. Erst viele Jahre später verstand ich, um was für Briefe es sich dabei handelte."

Als Ray 1970 nach Deutschland kam, hatte er neben einigen Dollars als einzigen Schatz diese Briefe im Gepäck. Von diesem Tag an war er erfüllt von dem Bestreben, die Vergangenheit seiner weit verzweigten Familie zu erforschen und ihre Schicksale vor dem Vergessen zu bewahren.

Noch viele Geschichten warten darauf, erzählt zu werden: Von Menschen, die, nur weil sie Juden waren, verfolgt, vertrieben oder in Konzentrationslager verschleppt wurden.

Nun kennt ihr die Geschichte von Moppi und Peter. Um euch zu zeigen, dass es diese Hunde und ihre Familien wirklich gab, hier einige Fotos.

Der Winter 1928/29 war sehr kalt, so dass der Rhein zugefroren war und man von einem Ufer zum anderen hinüberspazieren konnte. Bei Nackenheim soll der Rhein zuerst zugefroren gewesen sein. Diese Attraktion lockte viele Zuschauer an, und so ließ es sich auch Familie Wolff nicht nehmen, auf das Eis zu gehen. Das Foto ist wahrscheinlich von Februar 1929. Von links sieht man: Herbert Wolff, Heinrich Wolff, Selma Wolff geb. Hecht, Helmut Wolff und vorne Moppi, der brav in die Kamera schaut.

Noch ein Foto auf dem Rhein mit (von links): Heinrich Wolff, ein unbekannter Nackenheimer Bürger, Helmut Wolff, Herbert Wolff mit Moppi im Profil, wahrscheinlich Februar 1929.

Im Hof des Wolff'schen Hauses in Nackenheim, Mainzer Straße 15, von links: Heinrich Wolffs jüngere Schwester Betty Sender geb. Wolff, eine Unbekannte, Heinrich Wolffs ältere Schwester Jakobine (genannt Bienchen oder „Biensches Tante") Koch geb. Wolff, Schwager Josef Koch, Selma Wolff geb. Hecht, Helmut Wolff, Heinrich Wolff. Vor Josef Koch sitzt Moppi, um 1932.

Drei feine Herren spazieren durch Nackenheim, von links: Heinrich Wolff, Herbert Wolff, Helmut Wolff und vorneweg Moppi, um 1934.

Adolf Lekisch mit Peter, 1938.

Peter mit Dorle, Adolf und Nanette vor ihrem Haus in der Kaiserstraße, oben rechts die Christuskirche, um 1937.

Nanette Lekisch mit Peter am Wolfgangsee in Österreich, Ostern 1938.

Peter mit Dorle und Kurt Lekisch, um 1937.

Lion Feuchtwanger hinter Stacheldraht im Internierungslager Les Milles, 1939.

Nanette und Adolf Lekisch in Midland, Texas, im Kreis ihrer Kinder und Enkel. Oben: Nanette und Adolf, unten: Dorle mit Barbara auf dem Schoß, Peter und Kurt.

Am Ende blieben nur Trümmer. Nanette Lekisch nach dem Krieg an der Stelle, wo einmal das Haus Kaiserstraße 29 1/10 stand, in dem Moppi und Peter für kurze Zeit zusammen glücklich waren.

Zwei beste Freunde: Ray und Chelsea.

Glossar

Ganz zum Schluss möchten wir euch noch einige Begriffe erläutern, die ihr zwar sicherlich schon einmal gehört habt, aber vielleicht doch nicht so genau wisst, was darunter zu verstehen ist. Ein solches Wörterverzeichnis nennt man „Glossar".

Antisemitismus, antisemitisch

Abneigung oder Feindlichkeit Juden gegenüber, judenfeindlich.

Deportation, deportieren

Von der Regierung verordneter Zwangstransport. Die Juden wurden auf Anordnung der → Nazis gegen ihren eigenen Willen und ohne zu wissen, wohin es geht, in einem verschlossenen Zug zusammen mit sehr vielen (häufig mehr als 1000) anderen Menschen, oft sogar ohne Wasser und Nahrung, in Ghettos, Arbeits-, → Konzentrations- und → Vernichtungslager transportiert.

Emigration, emigrieren

Aus politischen, wirtschaftlichen oder religiösen Gründen aus dem eigenen Land in ein anderes gehen. Zu unterscheiden sind Auswanderung (freiwilliges Verlassen des Landes) und Flucht (Verlassen des Landes aufgrund der politischen Verhältnisse oder bei Verfolgung wegen politischer oder religiöser Ansichten). Die Emigration zahlreicher Juden in die USA, Palästina (später Israel), Kanada und Südamerika in den 1930er Jahren bis 1941 war eine gewaltsame Vertreibung aus dem eigenen Land. Seit dem 23. Oktober 1941 war für Juden die Auswanderung aus Deutschland verboten.

Exil

Langfristiger Aufenthalt außerhalb des Heimatlandes aufgrund von Ausweisung, Verbannung oder Verfolgung durch den Staat oder wegen der dortigen für den Exilanten unerträglichen politischen Verhältnisse.

Feuchtwanger, Lion

Jüdischer Schriftsteller, geboren 1884 in München, gestorben 1958 in Los Angeles, USA. Feuchtwanger lebte bereits seit 1933 im → Exil in Frankreich. Wie Adolf Lekisch wurde er dort mehrfach inhaftiert, konnte aber entkommen und floh von Marseille aus unter abenteuerlichen Umständen über Spanien und Portugal in die USA. Er lebte seit 1941 in Los Angeles in Kalifornien. Zu seinen Hauptwerken zählen „Jud Süß“ (1921/22), „Die häßliche Herzogin“ (1923), „Erfolg“ (1930), „Exil“ (1939), „Der jüdische Krieg“ (1932) sowie „Der Teufel in Frankreich“ (1942), worin u. a. die Episode mit Nanette Lekisch, Peter und Dori, der Katze des Polizisten, erzählt wird.

Gestapo

Kurzwort für „Geheime Staatspolizei“.
Die politische Polizei (Geheimpolizei) in der Zeit des → Nationalsozialismus von 1933 bis 1945. Sie hatte weitreichende Machtbefugnisse zur Bekämpfung politischer Gegner, z. B. Inhaftierung („Schutzhaft“), Zwangsarbeit, Verbringung in → Konzentrations- und Arbeitslager, Gewaltanwendung oder Folter.

Ghetto

Abgegrenzter, oft eingezäunter Bereich, in welchem Angehörige einer Glaubensgemeinschaft (des Judentums) sich aufhalten mussten. Nur hier durften sie wohnen und arbeiten. Im Mittelalter wurde den Juden in den Städten eine sogenannte „Judengasse“ zugewiesen.

Holocaust (auch Shoah genannt)

Nationalsozialistischer Völkermord. Die → Nationalsozialisten, deren Ziel es war, alle Juden im deutschen Machtbereich zu vernichten, brachten zwischen 1933 und 1945 mehr als sechs Millionen von ihnen um.

Judentum

Das Judentum ist mit fast 4000 Jahren die älteste der drei großen monotheistischen (Glaube an einen einzigen Gott) Religionen Judentum, Christentum und Islam. Die Juden sind nicht nur eine Glaubensgemeinschaft, sondern auch ein Volk, das durch eine lange Tradition, durch gemeinsame Lebensgewohnheiten und eine gemeinsame Geschichte und Kultur verbunden ist. Weltweit gibt es ca. 14 Millionen Juden; die meisten von ihnen leben in Israel, in den

Vereinigten Staaten von Amerika und in Europa, hier insbesondere in Frankreich.

Judenverfolgung im Nationalsozialismus

Die → Nationalsozialisten verfolgten alle, die nicht in ihr Weltbild passten: politische Gegner, Homosexuelle, Sinti und Roma und vor allem Personen jüdischen Glaubens. Seit 1933 (insbesondere seit den „Nürnberger Gesetzen" von 1935) gab es Gesetze, die nur für Juden galten, z. B. durften Juden nicht mehr mit öffentlichen Verkehrsmitteln fahren, ins Kino, Theater, Konzert oder ins Schwimmbad gehen. Juden durften ihren Beruf als Arzt oder Rechtsanwalt nicht mehr für die Allgemeinheit, sondern nur noch für jüdische Patienten bzw. Mandanten ausüben, ferner durften Nicht-Juden nicht mehr in jüdischen Geschäften einkaufen gehen. Juden durften nicht mehr studieren und jüdische Kinder durften nicht mehr in eine öffentliche Schule gehen. Juden wurde das Wahlrecht entzogen und es wurden ihnen die Führerscheine und die Papiere für ihre Fahrzeuge abgenommen. Des Weiteren durften sie kein Rundfunkgerät und kein Telefon mehr besitzen, Wertgegenstände wie Schmuck, Pelze oder Fotoapparate, aber auch Dinge des täglichen Lebens wie Schreibmaschinen oder Fahrräder mussten abgegeben werden. Hinzu kam, dass die Juden ihre Häuser nur noch zu bestimmten Zeiten verlassen durften und auf die Hilfe von (nicht-jüdischen) Freunden und Nachbarn angewiesen waren, die damit oft ihr eigenes Leben riskierten. Juden mussten seit 1941 auf ihrer Kleidung einen gelben Stern mit der Aufschrift „Jude" tragen, den sogenannten „Judenstern". Sie waren damit gebrandmarkt und Anfeindungen, Beschimpfungen und Belästigungen auf offener Straße schutzlos ausgeliefert.

Konzentrationslager (Abkürzung: KZ)

Arbeits- und Vernichtungslager, die die → Nationalsozialisten seit 1933 errichteten, in denen zunächst politische Gegner, seit 1936 auch andere unerwünschte Gruppen, sogar geistig Behinderte und Homosexuelle, aber insbesondere Juden sowie Sinti und Roma inhaftiert wurden und Zwangsarbeit leisten mussten.

Ab 1941 wurden vor allem Juden sowie Sinti und Roma in verschlossenen Zügen in → Vernichtungslager deportiert und ermordet. Nur wenigen von ihnen gelang es zu überleben. Viele waren schon vorher durch die Strapazen des Transports, der Unterernährung, Arbeit oder Krankheit gestorben oder sie starben später an den Folgen der Haft.

Nackenheim

Eine Ortschaft in Rheinhessen, ca. 15 km südlich von Mainz gelegen. Der zwischen Rebhügeln und Rhein sich befindende Ort ist bekannt durch seinen Weinbau und den 1896 hier geborenen Schriftsteller Carl Zuckmayer, der mit seinem Theaterstück „Der fröhliche Weinberg“, das von Winzern und (jüdischen) Weinhändlern, einem Gutsbesitzer und einem Schiffer und natürlich diversen Liebesaffären und Intrigen handelt, seine Heimatgemeinde indirekt porträtiert hat.

Nationalsozialismus

Adolf Hitler (1889–1945) war von 1933 bis 1945 der Regierungschef in Deutschland. Zusammen mit seinen Anhängern aus der Nationalsozialistischen Deutschen Arbeiterpartei (NSDAP) gelang es ihm 1933, die Macht in Deutschland zu übernehmen. Die NSDAP war in dieser Zeit die einzige zugelassene Partei. Er herrschte als Diktator, das heißt, niemand durfte seinen Befehlen widersprechen. Wer gegen ihn und seine Regierungshandlungen war, wurde verfolgt, in Lagern inhaftiert, oftmals körperlich misshandelt oder sogar ermordet. Adolf Hitler nannte sich „der Führer“ und wollte von allen Deutschen auch so angesprochen werden. Statt „Guten Tag“ sollten die Menschen „Heil Hitler“ sagen. Heute, mehr als 70 Jahre später, ist den meisten Leuten klar, dass seine Ideen größenwahnsinnig und menschenverachtend waren, aber damals stimmten ihnen viele zu. Am 1. September 1939 überfiel die Wehrmacht das Nachbarland Polen und löste damit den Zweiten Weltkrieg aus, der sechs Jahre lang dauerte und einer der schlimmsten Kriege des letzten Jahrhunderts war. Mehr unter: https://www.planet-schule.de/wissenspool/kinder-europas/sitemap.html

Nazi, Kurzwort für Nationalsozialist

Angehöriger des → Nationalsozialismus. Personen, die heute die Ideen des Nationalsozialismus vertreten, werden „Neonazis“ genannt. Ihr Denken richtet sich gegen alles Fremde, sie sind gegen Ausländer, Flüchtlinge und Asylbewerber und sogar gegen Deutsche mit Migrationshintergrund (deren Eltern früher aus einem anderen Land nach Deutschland eingewandert waren). Ihre Anschauungen richten sich aber auch gegen Homosexuelle und andere gesellschaftliche Randgruppen wie z. B. Behinderte und Obdachlose. Neonazis verhalten sich häufig gewalttätig.

Osthofen

Ort in Rheinland-Pfalz im Landkreis Alzey-Worms.
Von März 1933 bis Juli 1934 gab es ein → Konzentrationslager (KZ) in Osthofen. Es wurde dort kurz nach der Machtübernahme der → Nationalsozialisten in den Gebäuden einer ehemaligen Papierfabrik errichtet. Wie in allen Lagern wurden die Gefangenen hier menschenunwürdig behandelt, oft auch gequält oder geschlagen. Das KZ war Schauplatz des Romans „Das siebte Kreuz“ von Anna Seghers. Heute befindet sich an der Stelle des ehemaligen Konzentrationslagers eine Gedenkstätte und ein Museum mit der Dauerausstellung „Nationalsozialismus in Rheinland-Pfalz“.
Mehr unter: http://www.gedenkstaette-osthofen-rlp.de/

Pogrome

Gewaltsame Ausschreitungen (z. B. Gewaltanwendungen gegen Menschen, Plünderungen oder Zerstörungen von Wohnungen und Häusern) gegen Angehörige einer Religionsgemeinschaft oder Mitglieder politischer Gruppierungen. In Europa fanden Ende der 1930er Jahre unter der Nazi-Herrschaft zahlreiche Pogrome gegen Juden statt.

Pogromnacht, Novemberpogrome („Kristallnacht", „Reichskristallnacht")

In der Nacht vom 9. auf den 10. November 1938 wurden in Deutschland von den → Nationalsozialisten zahlreiche → Synagogen in Brand gesteckt, jüdische Friedhöfe verwüstet, Häuser, Wohnungen und Geschäfte jüdischer Personen demoliert und es gab gewaltsame Übergriffe gegen Juden. Wegen des Klirrens der zerschlagenen Fensterscheiben sprach man verharmlosend von einer „Kristallnacht" oder „Reichskristallnacht".

Staudernheim

Ort in der Nähe von Bad Kreuznach, zwischen Hunsrück und Pfälzischem Bergland an der Nahe gelegen. In Staudernheim bestand seit dem späten 18. Jahrhundert eine jüdische Gemeinde mit etwa 10 jüdischen Familien.

Synagoge

Gebäude, in dem sich die jüdische Gemeinde zum gemeinsamen Gottesdienst, zum täglichen Gebet und zu Festen versammelt. Die jüdischen Kinder erhalten dort ihren Religions- und Hebräischunterricht. Mehr unter: http://www.religionen-entdecken.de/eure_fragen/wie-sieht-eine-synagoge-von-innen-aus

Vernichtungslager

Vernichtungslager waren spezielle → Konzentrationslager, die in der Zeit des → Nationalsozialismus ab Mitte 1941 in Polen und in Weißrussland nur zum Zweck des Massenmords, insbesondere an Juden, errichtet wurden. Die Tötung geschah durch Massenerschießung oder „industriell“ unter der Verwendung von Gas (Zyklon B) in Gaskammern mit anschließender Verbrennung in Krematorien.

Während es Konzentrationslager, in denen Diktatoren ihre Gegner inhaftierten, folterten, sie Zwangsarbeit verrichten ließen und unter Umständen töteten, in vielen Ländern der Welt zu verschiedenen Zeiten gab, existierten die Vernichtungslager, in denen gezielt Massenmorde an Millionen von Menschen verübt wurden, nur unter den Nationalsozialisten. Das größte Vernichtungslager war Auschwitz-Birkenau bei Krakau in Polen. Weitere Lager waren u. a. Treblinka, Belzec, Majdanek, Sobibor und Kulmhof (Chelmno).